Flammender Widerstand

Mary Lynn Miller

Flammender Widerstand

© 2024 Mary Lynn Miller
Herstellung und Verlag: BoD – Books on Demand,
Norderstedt
ISBN: 9783758323270

Es war kalt und feucht. Das war das Einzige, was Flame noch mit allen Sinnen wahrnehmen konnte. Sie roch den Geruch nach altem Gestein und feuchtem Keller, was irgendwie berauschend auf sie wirkte. Ihr Kopf, in dem sich der Nebel, der aus mindestens drei Tagen keiner Stunde Schlaf bestand, verdichtete, sank nach vorne und sie musste dem Drang, ihre Hände als Stütze zu benutzen widerstehen. Der Nebel in ihrem übermüdeten Gehirn verdichtete sich so weit, dass sie plötzlich wieder wusste, weshalb sie ihre Hände nicht benutzen konnte. Sie sassen fest! In kalten, eisernen und viel zu festen Handschellen, hinter ihrem Rücken.

Ein leises, gleichmässiges Piepen drang in ihr Gehör. Es kam von dem Gerät, dass vor ihr auf dem Tisch stand. Unzählige Kabel wanden sich aus dem Teil und waren mit ihrem Oberarm verbunden und um ihren Oberkörper gewickelt. Das Piepen, so wusste sie, wiedergab ihren Puls und andere Werte in Echtzeit. Das Display des Gerätes konnte rot oder grün aufleuchten. Es war ein Lügendetektor.

In dem Moment knallte direkt vor ihr eine grosse Faust auf die metallene Tischplatte.
«HIER WIRD NICHT GESCHLAFEN!»
Flames Kopf zuckte wieder hoch. Sie starrte direkt in das feuerrote Gesicht, des Mannes, mittleren Alters, der vor ihr stand und sie anbrüllte.
«ICH WILL, DASS DU ENDLICH KOOPERIERST, ODER ICH ZIEHE ANDERE SEITEN AUF!»
Flame sah dem Mann in die braunen, zornigen Augen. Sie sah Erschöpfung darin. Wenn *er* schon so aussah, wie sah *sie* dann aus? Wie lange war sie wohl schon hier? Sie hatte das Gefühl, dass es schon Wochen sein konnten. In Wahrheit waren es aber wahrscheinlich erst eineinhalb Tage. Sie überlegte, ob er wohl sein Leben ganz seiner Arbeit widmete, oder ob er auch eine Familie zuhause hatte, zu der er wollte. Flame beschloss, mit ihm ein bisschen mehr zu kooperieren. Falls er Kinder hatte, sollten sie nicht so leiden, wie Flame damals... Sie konzentrierte sich schnell wieder auf den Mann vor sich. So viel sie noch wusste, hiess er Agent Cooper.

"Haben Sie eine Familie?"
Cooper sah leicht aus dem Konzept gebracht aus, antwortete aber vorsichtig.
"Ja." Flame nickte.
"Haben Sie eine Tochter?" Agent Cooper nickte wieder mit zusammengekniffenen Augen.
"Wie alt ist sie?" Cooper schien ernsthaft zu überlegen, ob er so viel von seinem Privatleben erzählen durfte, beziehungsweise wollte. Er schien einen inneren Kampf mit sich zu führen und verlor ihn offenbar.
"Sie heisst Carry und ist sieben." Flame nickte und nahm eine gerade Haltung ein. Sie war genauso alt gewesen, als die ganze Scheisse begonnen hatte.
"Gut, fragen Sie!"
"Wie bitte?" Der Agent sah leicht belämmert aus. Flame nickte zur Bestätigung zu den akribisch geordneten Akten, die vor ihm auf dem Tisch lagen. Darauf war sie, Flame, abgebildet. Es war schon ein älteres Foto und war etwa vor 4 Jahren aufgenommen worden, als Flame noch 14 gewesen war.

Ihre langen, feuerroten Haare hingen ihr locker über die Schultern. Sie konnte sich sogar noch an den Fototermin erinnern und wie sie in die Kamera gelächelt hatte. Sie hatte damals schon abgehärtet ausgesehen, konnte sich aber vorstellen, dass sie in den letzten Jahren noch viel härter geworden war.

Cooper griff nach den Akten und begann das dritte Mal mit seinem Verhör, mit dem Unterschied, dass Flame auskunftsbereiter sein wollte. Sie war unglaublich müde, abgekämpft, ihre Arme schmerzten und sie sehnte sich nach einer Dusche.

"Du bist Flame Davis, geboren 2005 in Paterson, New Jersey. Ist das richtig?"

"Ja, Sir." Das Display des Lügendetektors leuchtete grün auf.

"Deine Eltern sind Louis und Jasmin Davis?"

"Das ist richtig." Wieder leuchtete das Teil grün.

"Jasmin Davis war eine Sprengstoffexpertin und dein Vater, Louis Davis, ein Bombenentschärfer, der fürs FBI gearbeitet hat."

Flame grinste ironisch. "Sie wissen ja alles, warum bin ich dann hier?" Agent Cooper hob warnend die Hand, in dieser typischen lass-mich-jetzt-ausreden Geste. Flame seufzte und liess ihn gewähren.

"Als du sieben warst, sind deine Eltern bei einem Bombenanschlag, auf euer Haus, ums Leben gekommen." Das war keine Frage, er stellte es fest.

"Du bist in ein Heim gekommen und hast dort fünf Jahre gelebt."

"Ja, Sir."

"Als du zwölf warst, wurdest du adoptiert, von einem Mann namens Roger Banks." Wieder eine Feststellung. Flame grinste. Der Lügendetektor hatte wohl gerade seine grüne Phase.

"Wer ist Roger Banks, Flame?" Cooper lehnte sich vor und verfolgte jede ihrer Bewegungen mit seinen braunen Augen, die sie jetzt wieder, wie die eines echten Agents fixierten. Sie wirkten nicht mehr wütend, sondern... professionell. Flame zog eine Augenbraue hoch.

"Ich dachte, Sie wissen alles über mich."

Cooper liess sich leider nicht aus dem Konzept bringen.

"Ist er ein FBI-Agent, der dich angeworben hat, um dir Dinge zu lernen? Dinge, von denen zwölfjährige, noch nicht einmal gehört haben sollten?"

Flame sagte nichts, doch das grüne Licht, das von dem verräterischen Gerät vor ihr ausging, sprach Bände.

"Was hast du gelernt?"

"Nichts Besonderes." Der Lügendetektor leuchtete das erste Mal in diesem Verhör rot auf. Ein grässliches Pfeifen durchschnitt die professionell, kühle Stimmung im Raum. Cooper notierte etwas in seinen Akten und fixierte sie dann von Neuem. Er seufzte.

"Hör mal Flame, ich dachte, du wolltest mir entgegenkommen." Er verschränkte erneut die Arme und lehnte sich resigniert zurück. "Ich habe dir von meiner Tochter erzählt und würde mich freuen, sie heute noch sehen zu können. Ich denke es ist auch in deinem Sinne, wenn wir nicht noch eine Nacht durchmachen müssen."

Flame lehnte sich zurück. "Ich habe aber keinen Lügendetektor, um zu überprüfen, ob das mit Ihrer Tochter stimmt."
Cooper seufzte wieder. "Das stimmt, aber ich gebe dir mein Wort!" Wie zu einem Schwur streckte er ihr die Hand hin.
Flame sah ihn genervt an und schüttelte wie zur Bestätigung ihre Hände hinter dem Rücken, die immer noch in bombenfesten Handschellen sassen. Agent Cooper zog leicht beschämt den Kopf ein und flüchtete sich wieder in seine Akten. Flame war sich sicher, dass er diesen Job noch nicht lange machte. Wahrscheinlich hatte er einen Crashkurs besucht, der *Verhören leichtgemacht*, oder so ähnlich hiess. Er war sonst wohl ein ganz normaler FBI-Agent, der sich Tag für Tag mit Akten herumschlug. Flame unterdrückte ein Gähnen.
"Also, was hast du gelernt?"
"Ich dachte, Roger Banks ist ein FBI-Agent und Sie sind es doch auch, oder?

Also müssten Sie es doch wissen.Ich nehme an, dass Banks den Kinder-Rekrutierungsauftrag vom FBI bekommen hat." Flame verpasste sich innerlich eine Medaille, als sie sah, wie Cooper sich die Haare raufte. Sie hatte so was von Recht.
"Du hast gelernt zu kämpfen, zu spionieren und wurdest als Bomben und Sprengstoffexpertin ausgebildet. Genau wie deine Eltern. Du hast es wohl im Blut, zu sprengen und Dinge in die Luft zu jagen." Das war eine Feststellung und das grüne Licht unterstrich Coopers Worte nur noch mehr. Flame zuckte mit den Schultern. Sie hatte nicht mehr viel zu verlieren. Sie war damals nicht schuld gewesen, dass sie rekrutiert worden war. Schuld daran war nur, dass sie die Tochter ihrer Eltern war und dass sie, genau wie ihre Eltern, liebend gerne Dinge in die Luft gesprengt und entschärft hatte. Und das FBI hatte ihren Vater gekannt und sich somit seine Tochter gegriffen. Doch Flame musste zugeben, dass sie in dieser Zeit, die bis jetzt beste Zeit ihres Lebens gehabt hatte. Sie war nicht alleine gewesen. Es hatte ausser ihr noch andere Genies gegeben, die in ihrem Alter waren.

Da war Lou, mit ihrem überdurchschnittlich hohen IQ gewesen, James, mit seiner Fähigkeit, Tatorte zu rekonstruieren, Percy, der jeden beliebigen Computer hacken konnte und... Zach. Flame wurde aus ihren Gedanken gerissen, als Copper sich überdeutlich räusperte. Er beschloss wohl mit den Flame-Fakten aufzuhören und wagte einen Frontalangriff.

"Kennst du Zachary Parker, 19 Jahre alt, blonde kurze Haare, athletisch gebaut?"

Flame seufzte. Wenn man vom Teufel dachte... Wie oft war ihr nun schon diese Frage gestellt worden? Tausend Mal?

"Ja Sir."

Cooper sah zufrieden aus.

"Von wo?"

"Aus der Ausbildung, Sir."

"Was weisst du über ihn?"

Flame zuckte mit den Schultern. "Er war mein direkter Konkurrent in der Ausbildung."

"Inwiefern?"

Flame holte Luft. "Er war ebenfalls Sprengexperte."

Cooper nickte. "War sein Spezialgebiet Kernphysikalische Reaktion?"

Flame nickte. Lügen brachte nichts.

"Ist dir klar, dass man Kernphysikalische Reaktionen in der Herstellung von Atomwaffen braucht?"

"Ja, Sir. Und?" Cooper wischte die Frage lässig beiseite und fuhr fort.

"Was hast du für eine Beziehung zu Zachary Parker?"

Flame zuckte unmerklich zusammen. Der Pulsanzeiger des Lügendetektors ging auf gefühlte 180.

Cooper sah selbstzufrieden aus, und Flame meinte, ihn einen leicht triumphierenden Blick in eine, der unzähligen Kameras an der Decke, werfen zu sehen. Hatte er etwa mit seinen Kollegen gewettet? Sie konnte es sich gut vorstellen.

"Eine freundschaftliche, Sir." Der Lügendetektor leuchtete feuerrot auf und begann alarmierend zu piepen. Flame fluchte innerlich. Sie war noch nie gut darin gewesen, zu lügen, erst recht nicht gegenüber einem Gerät. Agent Cooper schien nicht länger auf die Frage einzugehen wollen, denn er lehnte sich zurück und verschränkte die Arme vor der Brust.

"Was bist du? *Wer* bist du, Flame?" Diese überraschend, ernste Frage brachte Flame fast aus dem Konzept.

Flame entgegnete ruhig: "Warum bin ich hier?" Cooper zog die Augenbrauen hoch. Dann schien ihm ein guter Einfall zu kommen. "Meine Informationen gegen deine."

Flame hatte langsam genug, mit Cooper zu verhandeln, jedoch hielt sie ihn nicht für jemanden, der sein Versprechen brach. "Gut, Sie fangen an." Cooper rieb sich die Stirn.

"Ich denke zwar, dass du weisst, weshalb du hier bist, aber ich will fair sein. Als das FBI Roger Banks beauftragt hat, Kinder auszubilden, ahnten wir noch nicht, dass Banks ein russischer Doppelspion war. Er hat euch Kinder ausgebildet und euch, ohne unser Wissen gegen uns, und für Russland eingesetzt." Er rieb sich die Stirn noch ein bisschen heftiger. "Als du dann 15 warst, ist die Sache ans Licht gekommen. Wir konnten alle Kinder evakuieren, ausser dich... dich und Zach. Ihr wart mit Banks gerade auf einer russischen Mission und wir konnten euch nicht finden. Lange Zeit dachten wir, ihr wärt tot, aber vor drei Monaten, als wir eine

Explosion in Russland, in einer russischen Geheimdienstzentrale des KGB, untersucht haben, ist uns die Präzision der Tat aufgefallen. Es war, als wäre die Explosion, kontrolliert worden, was gar nicht möglich ist, denn eine Explosion *kann* nicht kontrolliert werden. Da ist einem meiner Kollegen dieser alte Fall eingefallen.

Ein missglücktes Experiment, vor drei Jahren, in dem Kinder zum Unmöglichen ausgebildet wurden. Wir haben also die alten Akten wieder ausgegraben und siehe da, zwei Kinder, verschollen, die Sprengstoffexperten waren. Und das eine Kind, das Mädchen hatte das Spezialgebiet: Kontrollierte Sprengungen. Ich und mein Team", er grinste stolz und fuhr fort, "wir haben uns durch die möglichen Motive der Kinder geschlagen und haben ein perfektes Motiv gefunden. Rache. Deine und Zachs Eltern wurden beide von russischen Bomben getötet. Wir vermuteten, dass ihr das in der Zeit mit Banks herausbekommen und systematisch Rache verübt habt. Wir haben euch an dem nächsten, möglichen Tatort aufgelauert und wir hatten wieder recht."

Agent Cooper schwellte die Brust. "Aber bei dem Bombenangriff ist etwas schiefgelaufen. Wir haben dich mitten in deiner Arbeit unterbrochen und die Explosion kam ausser Kontrolle. Du wurdest zwar nicht schlimm getroffen, aber du wurdest ohnmächtig und warst bei uns zwei Wochen im Koma. Zach haben wir nicht zu fassen gekriegt." Cooper schloss seinen Vortrag und Flame war für die nächsten Augenblicke baff. Sie blinzelte verwirrt. Sie hätte nie gedacht, dass man ihnen so auf die Schliche kommen würde. Nie!

"Stimmt es?" Agent Cooper sprach leise. Flame schluckte.

"Ja."

"Dann beantworte mir jetzt meine Frage. Wer bist du, Flame Davis?" Flame holte Luft.

"Ich bin ein Mädchen, dass zu viel von dieser Welt gesehen hat, als dass es gerne darin Leben würde." Einen Moment schwieg Cooper. War er betroffen? Doch dann fragte er wieder nüchtern: "Was bezweckst du? Was bezweckt ihr?" Flame sackte in sich zusammen, dann murmelte sie müde: "Ich will nichts mehr, ich will keine Rache mehr, es fühlt sich nicht so gut an, wie wir gedacht

haben. Sie müssen keine Angst haben. Wir arbeiten für niemanden, nur für uns selbst."
Cooper schien einen Moment zu überlegen. "Dir ist aber klar, dass ich dich nicht einfach so gehen lassen kann, oder Flame? Ihr stellt eine internationale Bedrohung dar und ich, als Agent des Federal Bureau of Investigation (FBI), bin verpflichtet, solche Gefahren zu beseitigen." Flames Kopf ruckte wieder hoch. Sie sah dem Agenten in die Augen.
"Stellen Sie sich mich und Zach bitte einmal nicht als internationale Gefahr oder als Waffe vor! Wir sind schliesslich nicht freiwillig zu dem geworden, was wir sind, denn das war das FBI!" Cooper wurde rot und Flame erkannte, dieser Mann war überzeugt davon, dass seine Arbeit der Menschheit diente, ihm war nicht bewusst, dass auch das FBI seine Fehler hatte. Sie waren alle gleich! Alle Geheimdienste waren gleich! Sie sah Agent Cooper in die Augen.
Er schien sich wieder beruhigt zu haben, nahm aber wahrscheinlich an, dass dieses Verhör nichts mehr brachte. Er griff nach einem edlen Blatt, das tief vergraben unter den anderen Akten lag, und begann vorzulesen.

"Flame Davis

Wegen internationaler Gefahr werden Sie festgenommen, bis das Federal Bureau of Investigation alle Beweise gegen Sie gesichert hat. Danach werden Sie vor ein internationales Gericht gestellt. Ihnen ist gestattet, Hilfe und Vertretung vor Gericht in Form eines Anwalts zu besorgen. Wir begrüssen ihre Mithilfe bei der Täterüberführung ihres Bekannten, Zachary Parker, was für Sie ein eventuell milderndes Strafverfahren auslösen kann.

Hochachtungsvoll
Der internationale Gerichtshof der Vereinten Nationen (IGH)."

Flame sass da und starrte ins Nichts. Ihr Schicksal wurde ihr soeben nüchtern und professionell vorgetragen und sie spürte... nichts.
Sie hätte sogar auf ironische Weise stolz sein können, denn der internationale Gerichtshof der Vereinten Nationen wurde nur in sehr seltenen und heiklen Fällen hinzugezogen. Was stand nochmal auf diesem Blatt? Sie bekam vielleicht mildernde Umstände, wenn

sie Zach verraten würde? Niemals! Wut schoss in Flame auf und sie funkelte Cooper herausfordernd an! Gerade wollte sie ihn anschreien, dass sie ganz sicher keine Verräterin war, als eine laute und sehr schrille Sirene begann, Alarm zu schlagen! Flame dachte zuerst es wäre der Lügendetektor, doch das Teil hatte das Display ausgeschaltet und döste vor sich hin. Agent Cooper war so schnell auf den Beinen, dass sein Stuhl umkippte! "Was ist hier los?" brüllte er. Er wollte gerade zur einzigen Tür eilen, die aus dem Verhörraum führte, als es knallte und die Wand samt Tür explodierte! Cooper wurde von den Füssen gerissen und flog durch die Luft! Direkt neben Flame knallte er gegen die Wand und blieb bewusstlos und blutend liegen! Doch auch Flame traf die Druckwelle erbarmungslos! Ihr Stuhl, auf dem sie sass, kippte samt Flame zur Seite! Flame schaffte es, trotz Handschellen, sich vom umgekippten Stuhl wegzurollen! Ein Trümmerteil der gesprengten Wand, hatte sie an der Schläfe getroffen und sie spürte warmes Blut aus der Wunde sickern. Flame blinzelte und nahm in dem herausgerissenen Loch, an dem vorher noch die Wand war, eine Gestalt im trüben Rauch und Staub war. Coopers Worte hallten in ihr nach. *Zachary Parker, 19 Jahre alt, blonde kurze Haare, athletisch gebaut.* So konnte man Zach wirklich beschreiben.

Ein Grinsen breitete sich auf Flames Gesicht aus. Der Rauch verzog sich wieder ein bisschen und Flame konnte alles an Zach erkennen. Seine Gesichtszüge, seine himmelblauen Augen und das einzigartige Funkeln darin. Lässig sprang er über ein paar Trümmer und kam auf sie zu. Er blieb direkt über Flame stehen und sah belustigt auf sie hinab. "Und, wie war ich?" Flame stöhnte. "Du warst scheisse! Ich war schon immer besser im Sprengen!" Zach grinste. Aus dem Nichts hatte er ein kleines Schlüsselchen in der Hand. Er kniete sich neben sie und öffnete ihre Handschellen. Flame stöhnte erneut. Ihre Handgelenke fühlten sich taub und gefühllos an. Sie liess sich von ihm auf die zitternden Beine ziehen. Einen Moment sahen sie sich schweigend an, dann warf sie sich in Zachs Arme und konnte die Tränen der letzten Wochen, wenn nicht sogar Jahren nicht mehr aufhalten.

Hemmungslos schluchzte sie in sein T-Shirt. Er strich ihr beruhigend übers Haar. Aus dem Augenwinkel nahm sie wahr, wie noch andere Menschen durch das Loch in der Mauer stiegen. Sie hatten Waffen. Flame erkannte die meisten. Es waren Zachs Leute. Es stimmte sie wieder ein bisschen tröstlicher, als ihr einfiel, dass Cooper noch lange nicht alles wusste. Sie löste sich wieder von Zach und schniefte ein letztes Mal. "Bereit?" Fragte er. "Bereit!" Zach lächelte und küsste sie aufs Haar. "Ach Flame..." Er nahm sie an die Hand und zog sie mit sich über die Trümmer zum Ausgang. Flame warf einen letzten Blick zu Agent Cooper, der immer noch bewusstlos und jetzt gefesselt auf dem Boden lag. Mitleid stieg in ihr hoch. Er hatte ihr sehr viel anvertraut und Flame liess ihn einfach blutend zurück.

Sie würde es nicht laut zugeben, doch sie hatte Cooper in den letzten Stunden in ihr Herz geschlossen und würde ihn so schnell nicht wieder vergessen. Ohne zu überlegen, stürzte sie zum Trümmerhaufen, unter dem sie den Tisch vermutete. Und tatsächlich fand sie ziemlich schnell, wonach sie suchte. Ein Blatt Papier und einen Stift. In

Windeseile kritzelte sie etwas darauf und legte es neben Agent Cooper. Auf dem Blatt stand nicht viel, nur: Es tut mir leid! Darunter hatte sie eine Flamme gemalt. Sie wusste, Cooper würde es verstehen. Sie stand auf und nahm Zachs ausgestreckte Hand. Zusammen stiegen sie über die letzten Trümmerteile und stiegen durch das Loch in der Wand. Es war hell und Flame blinzelte, doch das Adrenalin und das Gefühl, dass sie durchströmte, liess sie schneller den Gang entlang gehen. Sie lächelte. Sie war frei!
Mit grossen Schritten gingen sie in Richtung Ausgang und in Flame hallten die Worte:
Das ist mein Leben und ich stelle mich ihm!